可能的花蜜……

林婉瑜

莫子儀（第57屆金馬獎最佳男主角）：

婉瑜和我是大學同學，她是詩人，我是演員。

記得大學時，有一次在課堂教室裡，婉瑜傳了張紙條給我，我們就在太過嚴肅的戲劇理論中，沒有特別意義地胡亂聊著日常。

多年之後回想，她似乎是察覺到我年輕時過分疏離的臉龐下，對生命失去溫度的絕望。也許她當時就已知道，在我心裡那個對生命的絕望是什麼，輕輕地陪伴著我。

就像她的詩一樣，覺察著生命周遭不同的色彩，捕捉或陪伴。

多年之後我也相信，唯有經歷過對生命絕望的人，才能知道自己的渺小或沉重、無關緊要或必須如此的存在，才能知道生命之重與輕相同，才能明瞭愛是什麼，才能去感受、去愛人與被愛。

我想婉瑜這樣的詩人，與我這樣的演員很像。我們不是刻意地咀嚼生活，反而像是被生活咀嚼著，文字與表演是再塑的途徑，是象徵或比喻的倒影，折射著日常與無常。

所以絕望與希望同在，冷酷與愛並行。詩人默默書寫著世界，演員默默地呈現，讓幽默拎著生活的折磨，微笑撫過生命的孤獨，讓視覺擁有時間，讓記憶回歸時空錯置與重疊，讓失去溫度的人，可以擁有陪伴與慰藉。

讀婉瑜的詩，那些畫面和感知彷彿就在心裡：我的倒影也已孤獨，體內也是那個幼稚鬼，也會盡力避免死於無聊，也相信愛是把眼淚釀成花蜜的過程，望著天空時，也會想起那水彩未乾、濕漉漉白雲的毛邊……。

謝謝婉瑜。

吳曉樂（作家、《你的孩子不是你的孩子》原著作者）：

很多年前，我走進一位男人的房間，在他的書櫃裡發現了《剛剛發生的事》。那時我的內心升起一股清亮的預感，跟這位沉默寡言的律師，可以談一場美好的戀愛吧，終究我們對同一位詩人的作品動了心。自此，對林婉瑜的作品多了分私心鍾愛，典藏版的花蜜中，見她一再巧手調度日常情境，引入細微卻燦然的靈犀。我尤其欽敬她把文字磨得如此淨潤，展示了詩人完熟的技藝。

《可能的花蜜》以詩人跟另一半「江」的邂逅伊始，背後鉤織著吸引人類千年的命題：背景、個性迥異的兩人如何相知相愛？詩人妻子與調查官丈夫各有結構完整的處世之道，佐以志趣、脾氣、職業經驗所積累的鋒芒，生活裡處處是鮮豔火花。我屢屢被兩人「各出奇招」的對白逗得大樂，嚐到酸甜有致的愛情滋味。

然而，我依然被她寫原生家庭那些恆遠的失落弄擰了心。這回收錄的〈孤獨的質量如此之深〉，是我近年內心晦澀時必定上網翻找的良伴。林婉瑜的文字常靜伏著「悲喜交加」的底氣，彷彿在你眼前親手一層層剝開人生，任裡頭質地氣息盡顯，你猶懵懂苦思，詩人早已走遠一段距離，最終迴盪在讀者與她之間一句雲淡風輕的低吟，C'est la vie。你怎能不愛她的慧黠與優雅？

李欣倫（作家、中央大學中文系副教授）：

和婉瑜相熟，該是十多年前我因教書而搬到台中時。開始是邀她擔任校園文學獎評審或來課堂演講，漸漸地，我們變成不（用）太常連絡但只要見面都有說不完的（真心）話的朋友，且是不需要暖身客套就直接切入核心中的核心、重點中的重點（咦那是什麼）、關鍵字中的關鍵字，時光就在絮語和傾聽中飛逝，理想的午後對話不過如此：表情舒緩，姿勢慵懶，肌肉放鬆。

閱讀《可能的花蜜》這本詩文集，感受著：當這些散落於時光扉頁中的私語、雋語和密語以書的形式出版，便共同拼組成日常中的非日常，歧異／奇異美學。

如書中幾篇〈調查官和詩人的日常對話〉便立基於調查官與詩人兩種身分的歧異屬性——調查官的務實和寫詩者的務虛——所構築而成的各自表述，或有聽沒懂，往昔的戀人絮語推進成後來的夫妻鬥嘴妙語，無論情話醉話夢話真心話，純粹的用字替粗糙現實的邊緣鑲了金邊，劇場感十足。

戲劇系出身的婉瑜確實在生活中搭設隱形舞臺，輪流捧手機的梗，「法律沒有假期」等金句，摘下眼鏡後才能讓臉貼在一起的慢動作，三房兩廳的小日子和小劇場如是（詩）展開，充滿機鋒又不時放空的對話，成為日常的精緻毛邊，恆常誘引著內心最最幽微。

書中還有與孩子的對話：蘿蔔糕、（偽）聖誕老公公。親子對話竟然如此可愛、驚奇。對話，是近年來親子教養的關鍵詞，不過婉瑜的對話展現的不是那幾種姿態，與其套入框架理論，不如說她示範的是母親／女詩人的「話術」，如果真要用什麼來形容，不妨挪用小兒子小龍的話：「就是很花蜜的感覺。」花蜜的話術，飽含著視覺、味覺、嗅覺和觸覺的詩語，豐足而滋養。〈神隱〉中寫道：「孩童敬畏我成熟，羨慕我／嫻熟操練這塊土地的語言／我羨慕他們文法不正確」文法不正確、前言不對後語的錯置對話，卻是如斯流淌著奶與蜜，詩行文句間就是應許之地。

書中最動人的還有婉瑜談父母、妹妹的散文，生命不可承受之重卻是娓娓道來，細細敘說，還能觸摸到當年生死相隔之痛。還有一系列二〇〇九年獲得臺北文學年金的詩作：車站、南陽街、玉市、漁人碼頭、西門町，彷彿也展讀了台北某個世代的地圖。

倏忽變化的今日，台北城的景觀在時間中增減，然而婉瑜對各場所和空間寫下的詩行，也被這本《可能的花蜜》仔細封存，嵌在記憶琥珀內，熠熠／意義發光。

目錄

輯三

輯四

附錄

輯一

愛情的預感

我就是那種「考99分卻說昨晚沒讀書」的討人厭同學。

當我設定一個目標，會不動聲色的做很多努力，剛開始接觸詩時，大量閱讀、書寫和嘗試，經常每晚只睡兩三個小時。或者為了健身，自己一個人從台中太平騎單車到清水（二十多公里），如果在健身房裡，就連上兩堂飛輪課80分鐘。

我喜歡看來優雅地達到目標，至於那些氣喘吁吁、滿頭大汗、熬夜黑眼圈的過程，自己知道就好了。當旁人說我「幸運」，只有自己知道，我咬緊牙關付出了多少努力。

偏偏愛情不是一件只靠「努力」就能完成的事，不能只靠一個人的努力。

愛情並不是全部都掌握在自己手中，自己一半對方一半，是兩個人一起成就的事。所以當對方意興闌珊、心猿意馬，兩人共同維護的感情，也就塌陷了一半。

在什麼時候察覺自己喜歡你？

有一次，當一群人的聚會結束，我走向搭車的方向，已經和大家道過再見了，本該直接前往搭車地點就好，當我走遠了一兩百公尺以後，卻下意識的回頭找你，遠遠的，再看了你一眼。當我把頭轉回來繼續走，才意識到，我的這個動作看在同行朋友眼中，是太多了。

為什麼回頭？我詢問自己，然後沉默地自問自答：「不知道下次見面是什麼時候，捨不得離開這次和你的相聚。」才發現對你的好感，比我自知的更多。

走進有你的場合以前，不化妝的我，用力咬一下自己的嘴唇，只為了讓你看到唇色紅潤的我（很痛）。

又一次，一大群人聚會，提早離開的我，走出店門以前，看著店門落地玻璃有如鏡子反映的影像，我看見，座位上的你正轉頭注視我離開的背影。

愛情的預感，是在日常之中捕捉風吹草動、蛛絲馬跡。把你寫給我的卡片當作平安符般，放在背包暗袋，背著行走、背著旅行。

為了發一封「看似不經意問候」的LINE訊息給你，花10分鐘修改文字，才讓訊息看起來輕鬆、若無其事。因為某一天會見到你，有空時就想著：見到你時要說什麼？用什麼態度說？因為當天會見面，所以連鞋帶都重新繫過了，不留下任何在你面前出糗的機會。因為你隔了兩天才回覆我的訊息，我在猜：你是不是手機關機、手機掉了、手機壞了，所以晚回訊息？因為你立刻就回覆了我的訊息，我在反省：是不是太常傳訊息給你？會不會打擾你？

愛情是這樣神經兮兮、這樣毛病，在志得意滿和自我懷疑之間擺盪，而暈頭轉向。

愛情的預感有時而至，當愛情來到時，你是什麼狀態呢？

你是擅長被愛的人嗎？我總覺得，對彼此都有幫助的能量，才可以叫做愛情。

沒有另一個人的時候，你也能和自己好好相處嗎？

如果愛情的預感，最後順利展開成一個愛情故事，記得不要再自己一個人默默努力了，記得在適當的時候，對他／她說：

「這不是我一個人的愛情，這是我們兩個人的故事。我們一起努力吧！我們一起。」

笑著流淚

在結束一段兩三年的戀情後、認識江以前，熱心的朋友陸續介紹了幾個陌生男人給我，抱著一種槁木死灰的心情前往見面的場合，現在已經想不起他們的長相了，但還想得起一些讓人笑著流淚的情景。

A男：

在我們第一次見面後，過了幾天，他打電話給我聊天，電話中他說：「必須用手機打電話，如果用室內電話打，爸媽會從客廳的分機拿起來偷聽。」這種自訴聽在我耳中警鈴大作，是什麼樣的家庭監聽成年兒子的電話!?

B男：

第一次見面後，隔天我要回台北工作，他自告奮勇要從台中載我回台北，車內的對話零零落落，我們各自說了一些自己的事，可是，沒什麼話題可以讓我們熱絡地聊起來，那次談話印象最深的是他強調「他繼承了很多股票」。過了一週，介紹我們認識的人抱怨，對方載我回台北，我卻沒有道謝也沒再聯繫。如果要長久相處，我得和他本人聊天，也無法和他的股票聊天，那天車內鬱滯冷涼的氣氛，總覺得，之後也無法再跟他說些什麼。

C男：

據說家裡開了間大飯店，那天的談話，比較覺得他是在面試飯店員工：「你英文好嗎？」「你喜歡和人相處嗎？」「你平常的休閒是什麼？」「你覺得飯店業是怎樣的行業？」到底要花多久時間才可以準備好這將近40題的審問？

D男：

那個身高很高的男人在我們談話的最後，說要送我回家，非常驚嚇的一段路途，下車前想問他：「有駕照嗎？」「剛拿到嗎？」對他來說，開車應該像參加路考一樣緊張吧！連坐他的車的我都滿頭大汗了。談話中他透露，他沒有談過戀愛。沒有談過戀愛！如果那是一九七〇年代或者他的年齡是20歲，我都覺得ＯＫ，但在二千年初，一個將近四十歲的男子自訴沒有談過戀愛，讓我覺得有點困惑。我喜歡的人會是一個已經知道愛情是什麼的人，我蠻確定這點。

Ｅ男：

見面20分鐘以後，開始話題轉移，鼓吹我選舉一定要投給某政黨，我聽了半小時左右的政局批評，他是不是在等我附和他並且炮口一致地談論？但，我只是聽他說然後慢慢喝著花茶，直到花茶變冷，我的姿勢可能從正襟危坐變成傾斜著頭了，分心想著自己工作上的事。

Ｆ男：

他是和媽媽一起出現的，他遞上名片自我介紹，可能因為我說話的聲音小，每當我回答什麼，他媽媽就會把頭壓低、把臉湊過來，想聽清楚我說的話，短暫半小時談話，氣氛因長輩的過度關心而緊張了起來，只要男人說了什麼，他媽媽的眼光就掃射向我，等待我的回答，並且不時湊過來看我的表情，像是分析我的話語成分般審視著我。我想到電影《Men in Black》裡的「雙頭男」，F男脖子上也有兩個頭啊，大頭是他、小頭是他媽媽。如果F下次約我見面，他媽媽一起出現也不用意外。一起看電影的話，想必他媽媽的頭會湊過來吃他的爆米花、喝我的可樂。

G男：

在遇見的陌生男人之中，他算是比較靦腆的。他的父母也來了，父親在鄉下開了一間工廠，遞給我一張名片，名片上有獅子會會長等頭銜。和他們交談算是氣氛和善（感覺是樸素保守的人），但，並不覺得會再見面。過了幾天，友人轉告，對方家長希望過一兩個月後來提親。我聽了不免嗆到也差點跌倒了，不是只有見過一次面嗎？Why？

「當作蒐集寫作題材」，對於週末和陌生男人的遇見，我這樣催眠自己。

但，有時狀況太荒謬了讓我瞬間失憶：「這是哪裡？」「我是誰？」「我在這裡做什麼？」

讓我遇見一個我喜歡的男人吧，我要像一片羽絨降落在他的胸膛，靜靜的聆聽他的心跳。

發呆時我這樣想。

我想，江是幸運的，因為上天故意安排了那麼多□□在他前面（□□可自行填入），當他出現時，我心裡在吶喊：「Gosh！這是一個正常人！」

我的內心在奔跑和撒紙花和跳popping！

所以，當江很認真的要我「別再去認識其他人」時，我再同意不過了。

不會的，我絕對不會再去認識其他人的。

海天使

認識江的時候，他已經考上「調查局特考」三四年了，在雲林縣調查站工作，那時我在台北工作，我們會在我的老家台中或他的工作地點雲林見面。

他開車載我時，偶爾，左手握方向盤、騰出右手來握我的手，走路時他也常走在前面牽我的手前進，作為家中長女的我，習慣每件事都是自己應變自己面對，和江一起，隨時緊繃著的精神變得放心。也因此我和他約會時，經常放鬆地睡著了……。坐在他的車上，還沒到目的地，我已經在副駕駛座上睡著了。可能我也讓他覺得自在，在庭園餐廳吃完晚餐，他躺在包廂的榻榻米上，頭枕著我的大腿，就睡著了……。

原本應該表現出光鮮亮麗一面的約會，兩個人就這樣放鬆地睡成一團。

既然是讓自己很有安全感的另一半，未來一直一直在一起也不錯。

二〇〇四年四月三日，小雨。

那天，只是對（在客廳看電視的）父親說：「我跟那個調查官出去喔。」出門後，江就帶我去公證結婚了，在父親不知情的狀況下。

江的母親不識字，在彰化鄉下種菜、養豬，一向都是讓她的小孩自己闖蕩，所以江也沒有告知她我們公證的事。回想起來，江可能是怕父親拒絕（家境不好的）他的提親，所以來個先斬後奏。

公證時，證人是江在雲林縣調查站的兩個同事，儀式進行中，他們幫我們拍照，一邊拍照一邊說：

「蒐證喔！現在是在蒐證！」職業病？

公證完，在台中國美館附近的餐廳吃飯，和以前一樣約會，卻有一種奇妙的感覺，身分不同了，不只是戀人，也是夫妻了。

公證後，有一天，江來台中提親（奇怪的順序）。後來我們拍婚紗照、舉行訂婚儀式，然後六月，在彰化和台中宴客，彰化婚宴、台中歸寧宴。

婚宴後的某日，我突然對父親說：「其實我們四月就去公證了。」父親驚訝，但也是笑笑的，我知道他喜歡這個女婿。

忙完婚禮所有事項後，我們去北海道度蜜月，那時參觀了「裸海蝶」展覽館，那是第一次看到這種海中生物，全長只有兩三公分，透明霧白的身體，體內隱約透出橘紅色，像一個小小的火點，「翼足」呈現翅膀形狀，游動時揮舞「翅膀」前進，看上去像在飛翔。

俗稱「海天使」的這種小小生物，像是把我心裡的感受和信念具象化似的。突然從一個人變成兩人生活了，接下來會怎樣？不知道。會比婚前的自由更好嗎？從此過著幸福快樂的生活？幸福又是什麼？

「海天使，你這麼努力揮舞翅膀要去哪裡？」我默默詢問展示箱裡的可愛生物。

想起《Gas Heart》的臺詞。

鼻：

那邊那位留有星形疤痕的人哪，你要奔向那兒去呢？

耳：

我要奔向幸福

我在逝去的日子眼中燃燒著

如果可以飛抵心中對於「幸福」這個詞的定義，我也會鼓動翅膀努力飛翔。

註：《Gas Heart》翻譯者周全。

不一樣

想要一個怎麼樣的伴侶？

20歲時想和「像自己」的人在一起，一兩次的試誤以後，開始想找一個和自己不一樣的人。

我和江果然很不相同，工作的內容、每天關心的事都不一樣。

第一次見面那天，聊了一會兒，他拿出「調查官證」給我看。我心想：「這是什麼？在做什麼的？」

結婚以後，他經常說著這些：

「明天早上我四點就要出門，要去搜索。」

「昨天去跟監，等了很久。」

「晚上跟某某立委還有他辦公室的人吃飯。」

「明天要去打靶。」

「等一下我要出門了，議長找我。」

「下禮拜去台北受訓兩天。」

「這個案子是一個學弟辦的，他已經監聽四五年了。」

也曾在選舉前一個禮拜，進駐警察分局待命，好幾天不回家。

打電話給他。

「你等一下再打來，我在做筆錄。」

而我說著這些：

「明天下午去台北評審，回來可能晚上六七點。」

「上次寫的歌今天發行了，我傳給你。」

「新竹現在會不會冷？我在想下午演講要不要帶外套。」

「有11天，出版社安排我去對讀者分享簡體版詩集，到時候你要照顧家裡喔。」

打開一張圖給他看：

「這次新書的封面，我自己畫的。」

就是這樣平行世界的兩個人，一起生活。

一個喜歡在生活裡夢遊，一個必須隨時保持警醒；一個嚮往別緻新鮮的情境，一個依法行事經常板起臉來。

雖然偶爾他用審問嫌犯的語氣對我說話，讓我想掐他脖子。但是，很不一樣也沒關係。

只要有愛著對方，就好了。

調查官和詩人的日常對話（創作者）

跟江提到一個、近日非常熱門的藝文事件，問他的看法。

他正在寫工作報告，所以心不在焉地草率回應。

我（臭臉）：「算了，早知道就不問你，你不是這個領域的人，你根本聽不懂啦。」

江：「我也寫文章耶，我的文章很多人看的。」

我：「哪有？你寫在哪？」

江：「《展抱月刊》啊！發行量很大的。」

我：「你寫什麼文章？」

江：「洗錢防制宣導。而且長官還特別稱讚我寫得很好。」

我：「……」

調查官和詩人的日常對話（手機是無辜的）

江平時就很謹慎，做事瞻前顧後。

譬如家裡，從地下室到四樓，每個樓梯轉角都放了他買的滅火器。為了安全起見，他也請人在家門口和地下室車庫入口裝了監視器。

要過年了，他時不時就提醒我：

「你有沒有辦年貨？該買的，要趕快買好。」

今晚，江指著一袋裝滿滿的大塑膠袋：

「我剛剛去超市買米和食材和一些東西，花了快四千，這些，是過年期間會用到的。」

我看著袋子裡的內容物有感而發：

「喂，我們是要過年，不是要逃難耶……」

趁著年節，江也幫自己添購了一些東西。滿足地對我和長女知霖展示，他新買的手機保護殼。

江：「全新的，好看嗎？」

知：「為什麼不換犀牛盾？」

江：「什麼是犀牛盾？」

我：「就是最堅固的手機保護殼。」

知：「犀牛盾是一種品牌。」

我：「我的就是犀牛盾，裝了犀牛盾以後，手機很難摔壞喔。」我把自己的手機摔到桌上示範。

江：「我今天換的這種更堅固，是金剛盾。」他把手機摔到桌上示範，桌上還有知霖的筆電。

我：「你手機砸到知霖的筆電了啦！知霖，現在換你的筆電應該裝犀牛盾。」

江對我說：「你那個是貓咪盾，我今天換的這個牌子很好，是真的摔不壞。」他把手機摔到地上。

明明是小年夜，不知為何，我和江一直在摔自己的手機。保護殼是堅固的，但手機是無辜的啊。

調查官和詩人的日常對話（法律沒有假期）

要去米其林餐盤推薦的某庭園餐廳吃飯。江開他的車先到餐廳、先點菜，我因為要繞路去接二女兒貝貝下課，所以開我的車，較晚到餐廳。

用餐完畢，江指著桌上沒吃完、服務生打包好的菜：「你拿去你車上。」

我：「你拿去你車上。」

江：「為什麼你不拿？」

我（耍賴）：「因為我懶。」

江：「懶什麼！」

我（耍賴）：「不然你揍我啊……」

回程途中，我的車跟在他的車後面。

江打手機給我：「你變換車道要打方向燈，不然後面的車拍到的話，他可以去檢舉你。」

我：「你開車打手機給我，這樣很危險（掛斷）。」

江又打來：「你的後面就是一輛警車，變換車道要打方向燈有沒有聽到？」

回家後，車停好，下車後繼續訓話：「變換車道（以下省略256字）……」

我：「可不可以不要再訓話了，吃飯的好心情都被破壞了。」

江：「不然以後的罰單你自己繳，我不繳了。」

我：「我只忘記一次，後來都有打方向燈啊。」

江（繼續訓話）：「變換車道（以下省略356字）……」

我：「不要再碎碎念了，今天是週末，可以放鬆一點嗎？」

江：「什麼週末！法律沒有假期！」

法律沒有假期！法律沒有假期！法律沒有假期！

這是調查官的訓話日常，感覺應該把這句話裱框起來。

調查官和詩人的日常對話（互相不理解）

我睡覺的時候需要很大的空間，什麼「手牽手」或「頭枕在對方肩膀上入睡」，對我來說是不可能的事，甚至背靠背我都覺得壓迫睡不著，所以，除非是有事（咦什麼事），否則我和江是一人睡一張床。

兩張床是併在一起的，我睡有床座和床頭櫃的大床，他睡旁邊沒有床座、直接放在地上的床墊。

我的大床床墊，因為兒子小龍幼時在上面跳來跳去、出現了幾個裂縫，前陣子裂縫擴大了，江於是新買了一張快三萬的床墊來更換，他躺上我的新床墊驚覺，這床墊比他的舒服太多了，從那時開始，他晚上都來睡我的大床，讓我覺得很擠很壓迫……。

平時勉強忍耐，遇到他偶爾應酬喝酒（有些情報是在應酬時獲得的所以應酬難免）就變得很難忍耐，因為江如果太醉，會一邊睡覺一邊講醉話，聽似滔滔不絕，實則一句都聽不懂：

「我告訴可是……不要……那就是……報告……再來……沒關係……好好好……不可以……下次……開會……」

半夜被吵醒的我用力打他背：

「閉嘴！你閉嘴，很吵！」

江很壯，喝醉時整個身體更沉了，我推他他根本無感，持續發表醉話演說，我只好使出全力用雙腳把他踢下去，讓他滾下去、回到他的小床：

「閉嘴！不要講話，你不睡覺別人要睡覺耶，很吵，你很吵！」

他被推下床後，還是碎念，只是內容變成了意義不明的音節：

「ㄅ……Ａ……ㄋ……ㄆㄆ……ㄦㄦ……ㄦ……ＰＰ……」

我絕望的拿起抓背的如意敲他大腿：「閉嘴！拜託，這個笨蛋……」

最後，他終於靜下來，我終於能睡覺。第二天起床，江什麼都忘了，看來神清氣爽，我睡眠不足頭昏腦脹。

江有時要我幫忙家事，但我正在忙。

正在書房裡面對電腦寫作（或查資料或寫歌詞）的我，回覆他：

「我在忙喔。」

他不能理解地抱怨：

「你只是在看電腦。」或：「你只是在聽音樂。」

幾次以後，我失去耐心，走到書房門縫對外大叫：

「哈囉，看電腦就是我的工作，聽音樂就是我的工作，謝謝喔。」

詩人無法理解調查官幹嘛喝醉，就像調查官無法理解為什麼看電腦聽音樂也叫工作。

調查官和詩人的日常對話（調情不能）

某晚，當我躺在床上準備入睡，江又抱著他的枕頭棉被來擠我的大床。

我：「你以後都要睡這裡，不睡你的小床了喔？」

江：「對啊。」

我：「這樣很擠耶。」

江：「不會啦，你看。你還有很大的空間。」

我：「有嗎？」

江：「你這個新床墊躺起來很舒服，雖然價格不便宜，但，真的很好躺。我也幫知霖訂了一個喔，她的舊床墊十幾年了，也該換了。」

我：「是一模一樣的嗎？」

江：「對，知霖的，後天就會送來了。」

我（撒嬌語氣）：「老公，你真的對我們很好耶，好感動。那，我要怎麼回報你？」

江：「幫我出一半！」

我：「不是這個答案！」

通通都喜歡

通通都喜歡。

你認真生氣的時候看起來更可愛了，走在你後面看你寬厚的肩膀，心裡浮現「必須靠在那上面」的念頭。十次有七次，送花給我是為了要道歉，會幫我開紅酒這點很好，因為我不會開，但是「一起喝酒」的意思是，我們同時一起喝。如果我喝酒後去睡了、你才出現喝剩下的，這樣不叫「一起喝酒」。國中畢業後，讀彰化高工機工科，所以擅長修理和施工（後來又讀完政大統計系和中正大學犯罪防治研究所）。

分得清楚「不再」和「不在」、的得地，不會阻止我半夜開車上高速公路兜風，叫得出一路上看到的所有植物的名字，英文和閩南語都很流利，可以聽懂Las

Vegas酒店的「現場talk show」九成內容，也可以和我的祖父用沒有死角的閩南語聊天。要你幫忙的時候總是馬上就來了。

有關你的這些、那些，通通都喜歡。

複數的名字

江在中部的調查站／調查處工作，已經將近二十年了。

寫詩者的務虛和調查官的務實，使我們的生活每每上演極度反差的情節。夢遊者我，對於實際的生活事項（保險、報稅、重灌電腦、車子保養種種）總是不知所措，江則熟知這些。

我經常迷路，江開車不須導航，只要告訴他高速公路旁綠色牌子的公里數，他就可以推算我到了什麼地方。

因為寫作、簽合約的關係，我熟悉著作權法；而他工作需要辦案，對民法和刑法很有概念。

大我七歲的江已經戴上老花眼鏡，而我還戴著近視眼鏡，雖然擁抱時不約而同需要摘掉眼鏡，才能把臉靠在一起，但，無論哪種層面看來，我們確實是很不相同的兩個人。

而我們之間相同的是：我和江，都曾改過名字。

遇見江的時候，其實是我生命中非常消沉的一段時期，因為在認識他之前，我的家庭遭遇一連串變故：母親癌逝、妹妹重度憂鬱離家出走……。

面對家庭的破散，挫敗的父親寄託於紫微斗數，想藉著命盤流年解釋這個家的壞運，而想要告別這些灰暗記憶的我，則是決定改名字。

我是在有了改名想法的時候，遇見江的。

在我們認識一個月後，我就正式到戶政事務所換了名字，決定把原本的名字「婉瑜」作為筆名。

巧合的是，江也改過名字，不過，他在考上政大後自己跑去改名的原因是，他的原名實在很俗氣！他於是抱著姓名學書認真研究，自己選定了後來的名字，自己去戶政事務所改名。

名字可以代表一個人的氣質嗎？

總覺得「婉瑜」兩字流露出的溫婉柔和之感，其實和我的性格不像，我自覺是性格鮮明、有稜有角、大步行走的現代女子，實踐一種自得自傲的生活態度。經常讓人誤以為溫柔，也許是因為婉瑜兩字，還有慢吞吞的講話速度和動作使然。

我們可以有不只一個名字，但，我們無法擁有複數的生活，沒辦法同時經歷「不改名的未來」和「改名的未來」去比較好壞。因為生活沒有複本。

如果自己並不喜歡原本擁有的，或者，始終介意著生活中無力感、無法轉圜的部分，那麼，做出改變並沒有什麼不好，因為這改變也許就成為一種心理暗示，換了名字，心情像站在一個新的起點上，心情不同，或許就走向新的轉折和可能性。

記得我和江第一次見面，我感覺此人眼睛會放電、眼泛桃花。而他後來告訴我，他看見我的第一印象是：我不笑的時候，看起來也像微笑著。

約會時，他看著我的紫微斗數命盤對我說：「你就是我未來的老婆！」

藉著解釋對方命盤的機會，趁機表白，想來也是一種心機重啊！但無妨，兩人之間，無法詳細說明的吸引力，就先推給神祕學吧。

註：本文經過修改，原文刊載於二〇二一年《小日子》三月號「愛的在場證明」專欄。

撒嬌和幼稚

哪都沒有去的禮拜日。

江在沙發上看Netflix的電影，我看到了就走過去，和他面對面、打開雙腳跨坐在他肚腹，然後伸出兩隻手，環抱他肩膀、頭靠在他肩上。

兩個人先摘下彼此臉上的眼鏡，然後把臉頰貼在一起。

「好喜歡你喔，喜歡你的（用臉磨蹭他的臉再次確認）……咦？喜歡你的臉油油的！」

正享受這擁抱的溫度，下一秒，他很幼稚地咬住我手臂，我哀號了一聲，也不甘示弱咬住他耳垂，雙方就這樣加強力道、僵持不下。

直到有人笑出來、鬆口為止。

在愛人面前，可以一直保有撒嬌和幼稚的權力。

相遇的時候／做彼此生命中的好人

有一天，從時間的海平面上抬起頭來的時候，我突然理解了：有些人，那些我還掛念的、在心裡開闢一個空間給他的人，其實已經離開了遠了，其實是「永遠」不會再見的。

即使我都還記得：最初，生命是怎樣精心安排，推推趕趕，把陌生的我們趕到同一處集合，我們才終於遇見、相識。

那個某某，謝謝你曾經給我最慷慨的支持和寬大懷抱。那個誰後來好嗎？在我這裡徹底粉碎的心有被誰修復好嗎？我在臉書上搜尋了好久，沒有一個是你。一起從學生宿舍翻牆去夜遊的同學們，人生之中好幸運啊一起做了很多瘋狂的事。

我們還會遇見嗎？
真希望可以，當面謝謝你，當年的善良。
希望你後來過得很好，那麼我將不再愧疚。
希望可以再和你們一起翻牆去夜遊，去看山上的星星在我們頭頂像可以摘取……。

也許以後
不會再見面了
相遇的時候
做彼此生命中的好人

你在哪裡呢？他在哪裡？他們又去了哪裡？

我還在這，在這寂靜的時間之海，一個人緩緩航行。

註：本文經過修改，原文刊載於二〇一五年十二月一日《博客來OKAPI》「詩人／私人・讀詩」專欄。

此時此地

我們的人生，就在這個岔路錯開。
動作總是慢吞吞的我，慢慢地走在自己的路上。
我已經看了，你沒有一起看的那場電影。
我已經去了，你沒有一起去的那次旅行。
我已經前往，你沒有一起前往的那個人生。

雖然也會好奇，後來的你一路上遇見了什麼？
但，我不想再遠遠地眺望，你的生活。
我已經決定，安居在此時此地。

被分手

也許以後，就把你當作普通朋友。

認真想想，也沒什麼。

有人正在被寵愛，有人正在被分手，如果只是一點點寂寞，我想我還可以平安度過。

輯二

睡前對四歲小龍做的簡短採訪

三個孩子知霖、貝貝、小龍，現在已是高一、小六、小三的年紀。在他們更小的時候，發生過一些有趣的生活情節，那時，我把這些細節記在電腦檔案中，現在回看，還是覺得可愛極了。

我：「弟弟，你覺得『生命』是什麼呢？」

龍：「生命就是……早睡早起。」

我：「那你覺得『人生』是什麼？」

龍：「嗯……照顧人讓他平安照顧。」

我：「你覺得『愛』是什麼呢？我常常對你說『我愛你』，那你覺得愛是什麼？」

龍：「愛就是很花蜜、很親的感覺。」把我拉過去親兩次。

我：「你覺得『世界』是什麼？世界好大好大喔，世界是什麼？」

龍：「世界就是不要浪費喔！不要浪費世界，不要浪費天空，不要浪費電腦，不要浪費雲，不要浪費臺灣。」

孩子們小時候發生的故事和對話

1

小龍：「我今天不要上學。」

我（施以色誘）：「你不是要去找楊ＸＸ嗎？她昨天有牽你的手對不對？她現在在學校等你了耶。你上次說她哪裡可愛？」

小龍：「臉可愛，還有肩膀可愛。」

我：「還有呢？」

小龍：「脖子也很可愛！」

我：「好，那我們快去學校找她。」

小龍：「不要，我今天不要上學。」

我（急）：「快點去，楊ＸＸ今天要跟你結婚了！」

2

又是一個小龍說「他不要上學」的早晨。

我：「再不去上學，警察就來開罰單囉。」

3

貝貝還不瞭解很多話的正確用法，於是……

貝貝：「媽媽，你每次買東西給我，我都覺得很感謝，也覺得很堅強。」

我：「哦，這樣子嗎？」

貝貝：「嗯，感謝堅強。」我忍不住大笑。

貝貝看我大笑更加補充：

「媽媽，你每次買東西給我，我都覺得很堅強。」

4

我：「我們自己來做蘿蔔糕好不好？」

貝貝：「好啊，那我們去超市買材料。」

我：「你覺得蘿蔔糕需要買什麼材料？要有蘿蔔，還有什麼？」

貝貝：「要有蘿蔔，還有糕。」

5

知霖在週記上寫：

「又要段考了，好煩唷。如果段考是一個人，我要揍爆他的臉。」

小龍是很會講話，還是很不會講話呢？

他寫著安親班暑假一日遊的回條，看到我在回條上填寫的個人資料，驚訝地問：「媽媽你是民國66年出生的？」

我：「對啊一九七七，很老嗎（瞪視）？」

小龍（嚇）：「很……早。」

孩子們小時候發生的故事和對話 2

1

貝貝：「媽媽，什麼是過世？」

我：「就是死掉了，一個人死掉了就是過世。」

貝貝：「喔，那他不會再回地球了。」

我：「……也對。」

2

晚上11點，躺在床上陪小龍睡覺，小龍滾過來，在我耳朵旁小聲地說：

「媽，你要趕快睡覺才會長高喔。」

3

小龍問我：「在這個世界上，信封人是很少的，對不對？」

我：「信封人？是郵差嗎？」

小龍：「對。信封人是很少的，所以我很少看到。」

4

早上六七點，江帶著知霖、貝貝去爬山了。小龍因為叫不醒，就留在家中和我一起。

上午十點多小龍醒來後，發現爸爸沒帶他去爬山，傷心又生氣。中午十二點，江帶著知霖、貝貝回家了，小龍一見到爸爸就哀怨泣訴：「怎麼把我留在家呢？下次絕對不可以這樣子對我……」

江無法抵擋兒子的眼淚，於是十二點多，江帶著小龍出門，再爬一次山……。

5

聖誕節12月25日當天，早上起床，摸了知霖和貝貝昨晚掛的聖誕襪，竟然是空的！

立刻明白，「聖誕老公公」最近整天都在看影集，看得都忘記出門買聖誕禮物了。

江怠忽職守，我只好趕緊出門到小7買回兩個玩具，充當聖誕禮物。

車子開回地下室停好、拿著聖誕禮物上樓，知霖已經起床了。

知霖：「媽媽你去哪裡？」

我：「去地下室拿禮物啊，聖誕老公公把禮物放在地下室了（汗）。」

知霖：「我們家沒有煙囪，所以他從地下室進來（大樂）。」

我：「對！沒錯（汗）！」

6

麗寶樂園裡有種遊樂設施，小蝸牛的造型，小朋友坐上去後，必須雙手握著橫桿不斷划動，蝸牛才會在軌道上前進，所以靠的全是小朋友自己的力氣。

只見坐在1號蝸牛裡的貝貝，手根本放著不動；後面坐在2號蝸牛裡的知霖被擋住了、無法前進，只好用力划，推動前面的貝貝，自己才能前進。

知霖划得汗如雨下、一邊暴怒咆哮：

「貝貝，你根本沒在動！我不要玩了，下次你自己玩！」

貝貝則瞇起眼睛，露出一抹神祕微笑。

這就是（老實）老大和（詐包）老二的人生寫照吧。

7

小龍經過床墊的8折標示時，非常讚嘆：

「這個只要8塊錢耶，竟然這麼大的東西這麼便宜！」

8

小龍：「媽媽，有人跟我說，如果吃東西的時候沒有吃完、剩下很多。死掉以後，就要繼續吃這輩子沒吃完的東西。」

我：「對啊，這個說法就是告訴我們，吃東西要盡量吃光，不可以浪費。」

龍：「那如果我們每一餐都沒吃完，死掉以後，就還是有很多食物可以吃耶。」

我（驚）：「不是這樣！」

9

我：「知霖，我覺得這句話很好，跟你分享。Shoot for the moon . Even if you miss ,

you will land among the stars.「訂下如奔向月亮的偉大志願，就算最後不能到達，也會置身於繁星之中。」意思就是說，你可以朝著一個很高的標準去努力，這樣子，就算最後沒有達成，還是會獲得不錯的成績。」

知：「這句話不合邏輯吧！月亮比較近，星星比較遠耶！」

我：「……」

父母想鼓勵小孩，也不是一件容易的事。

小龍的小劇場

只有五歲的小龍，上演了一齣小劇場。

上午，我買了一箱白櫻桃（粉彩櫻桃），跟孩子們說，要幫忙收拾桌面，才可以一起吃白櫻桃。

知霖、貝貝開始收拾桌面早餐的殘局，小龍一人在旁排撲克牌，完全沒有收拾，後來我說：「小龍不能吃白櫻桃，因為剛才都沒有一起收拾。」他一副無所謂的樣子。

過了半小時，小龍跑來書房找我。

「媽媽，我們昨天去參加便利商店小小店長活動，便利商店的人有說，吃水果是很健康的，會對我們的身體很好。」

我：「是啊，吃水果對身體很好喔。」

小龍：「可是我今天都還沒吃到水果耶。」

我：「你剛才沒有一起收拾桌面，我不是說大家一起收拾嗎？沒有收拾就不能吃。」

小龍丟下一句：「你不想讓我變健康嗎？」之後，就躺到床上生悶氣。

十分鐘後，小龍又跑到書房：「媽媽，我這裡流血了（指著小腿上已經結痂的舊傷口）！我不是騙你的喔，吃水果是很好的喔，我不騙你喔。」

我不為所動。

小龍最後生氣地說：

「你不想讓我身體變好嗎？那我就自己去美國跟英國，我離家出走。」

大聲關門。全劇終。

報喜圖

客廳的牆壁上掛著一幅刺繡，布面上除了一針一線的紅花圖案以外，「報喜圖」這三個字也是繡的，它掛在客廳很多年了。

客廳的風格是我一手布置：IKEA L型白色電視櫃、LG821公升白色對開冰箱、台灣製深咖啡色牛皮沙發、天藍有門置物櫃、土耳其進口大地色系格紋亮面窗簾……，現代、簡約的風格，和這幅繁麗喜氣的〈報喜圖〉其實不搭，但，因為是別人送給我的，也就一直讓它掛在牆上。

手機的LINE經常收到新聞懶人包，這類訊息除了新聞事件以外，還加入了太多主觀詮釋，這樣的罐頭新聞，就在LINE群組傳來傳去，內容真真假假，後來我也不太細看了。發送這類訊息給我的人，和送我〈報喜圖〉的人，是同一個。

有一陣子我身體很不好，這人很熱心的帶我去參加一個直銷營養品說明會，到了現場，發現他和直銷公司的人都已很熟識，他自己使用這瑞士進口的營養品有一陣子了，現場我試喝了，過幾分鐘以後只覺頭脹耳熱，再過幾分鐘，皮膚發癢、長出了蕁麻疹。直銷公司的人說：這是排毒現象，有些人剛開始接觸產品時都會這樣。當天，我到底有沒有買產品呢我忘了（帶我去的這人說他要自掏腰包買給我）。過了一陣子，電視新聞報導這間直銷公司違法，我把新聞傳給那個人看，他看了只是無言。可能他多少有些病痛，「排毒」、「祕方」、「仙丹」這類說詞，很容易蠱惑他吧。

他的家裡，擺放了一些裝飾品，他會很認真地介紹「這是玉」、「這是水晶」、「這是瑪瑙」。我對這些物件的真偽總是非常懷疑，不過沒關係，擺飾嘛，主人看了心情好最重要。

本來，我是不會認識這樣的人，我和他的品味、喜好、行事風格大不相同。

不過，我卻已經認識他44年了，從我出生開始。

母親因為癌症過世、妹妹離家出走不知去向的那幾年，每逢週末，我從台北回到台中的家，全家，就只剩下我和他兩人了。

心情不太好的我們，經常一起去看院線片，電影院裡都是情侶檔、朋友同學之類，只有我和他是父女檔。

多年後，我結婚、有了小孩。他非常疼愛這三個孫子（似乎破散的家又再次熱鬧起來了），除了關心以外，他也用一種非常實際的方式疼愛孫子：每個月匯來三萬元贊助孫子們的花費，小龍還在讀小學三年級，他已經買給三個孫子每人45張銀行股股票，他說，孫子們大學時的學費生活費租屋費，就從這裡支出吧！

記得知霖四五歲時，他帶我們到童裝店要買衣服給知霖，我挑選款式的時候，他和知霖在店裡打鬧、追逐了起來，很少看到父親的這一面。

後來，離家出走的妹妹，沒有再回家，沒有再跟任何家人親戚聯絡，我是長女，不過更像獨生女。

每週六上午，父親來我家看孫子、和我們聊聊天。

上次他離開時，看著他拄枴杖的背影，突然覺得，這幾年最幸運的是：二〇〇七年江請調成功，從雲林縣調查站轉到台中市調查處工作，我們回到台中定居，可以和父親住在同一個城市，陪伴他的老後。

〈報喜圖〉也沒關係喔，罐頭新聞也沒關係喔，被踢爆的直銷產品也沒關係喔，常在LINE群組傳長輩圖給我也沒關係喔（早安！花開富貴）、（晚安！平安吉祥）。

一定是很深的緣分，才讓很不同的我們成為父女吧。

最不順利的那幾年，我們一起在電影院看了那麼多院線片，影廳的燈暗下、電影開始播放時，媽媽過世、妹妹不見、戀愛失敗的那些事，好像也暫時忘記了。

我總知道，我不是一個人，我還有你。

巨大的睡眠

帶孩子們出去玩的時候，也會覺得寂寞。

是想著：如果媽媽可以看到她的三個孫子，她一定是很開心、很疼他們。

每一年年底，在我的生日附近，我固定會做全身健康檢查，因為我一直記得醫生說：媽媽的腫瘤長到那麼大，是三十多歲時就開始長的。

她45歲發現罹癌、52歲過世，病重時曾對我說：

「你以後怎麼辦？沒有媽媽的小孩子是很可憐的。」

的確辛苦、孤單，很多事情都不知道要和誰討論，但我告訴自己：要認真面對每一天，未來也會堅持原則，我知道我過得好，媽媽也會開心。

如果死亡是一場，巨大的睡眠。

希望逝去的媽媽在無邊無際的黑暗中，夢到我時，是放心寬慰的。

輯三

孤獨的質量如此之深

妹妹以優秀成績考上臺中女中後，就讀了一陣子，開始出現精神狀況，不願意去上課。每個晚上，她吵醒母親、抱著母親哭，哭訴和同學相處的困難，以及認定自己體內有邪靈居住，是她考試倒數的原因。

父母心慌，一方面帶她去看心理醫師，持續諮商治療；另方面有位女中的老師家中開設神壇，說曾經幫助很多這樣的學生，母親帶妹妹去參加了好一陣子，貢獻了好多金錢，不過毫無起色。

心理治療持續許久，也無用。妹妹出狀況後的半年，某天，心力交瘁的母親在家中昏倒，送醫發現是已擴散的直腸癌，家中陷入第二層陰霾。

妹妹的狀況沒有好轉，不斷曠課終被女中退學。有時她會在半夜騎單車出去，說要散心，父母也無法睡，只能開車尾隨她；也曾突然決定搬去彰化獨居，接著便要求父母幫她找房子。

已經開始接受化療的母親，有次真的不知該如何是好，突然對妹妹跪下，懇求她不要這樣，一邊流淚一邊說：「媽媽的心好痛……」像蛾尋覓火，妹妹不斷撲向最黑暗處，也曾作勢自殺，坐在電視機前，手持美工刀並不真的劃下，只是把刀放在手腕旁，推出刀片又收回、推出刀片又收回，那刀像架在母親的心上。她一邊拖著病體一邊疲於應付，一直到，直到她病逝為止。

母親走後，妹妹更憂鬱了，有天早上溼淋淋地回家，父親猜測她應該是去跳海……。另一次，她跳上火車鐵軌，在火車靠近時又跳開，火車被迫停下，她被帶到臺中火車站，警察通知父親帶她回家。

旁觀這一切的我，有巨大的困惑，究竟是誰在操縱這一切、瓦解平靜的家？

後來，父親搬出老家偶爾回來，妹妹不知去向。

那時，在台北工作的我，週末回到老家只剩自己。一個人過夜總是非常清醒，一下覺得家太大、太空曠了，只有我一個人；一下又覺得家太窄擠太侷促了，充塞著滿滿的回憶……。孤獨的質量如此之深。

又過了很多年後，輾轉聽聞妹妹精神已經痊癒，但，母親也已無法看見。妹妹獨自在外生活，平常時候或逢年過節都不再回來，成為我和父親觸摸不到的人形，只存在於往昔記憶中了。

二〇一四年，我寫了〈世界的孩子〉這首詩，給孤單的人。詩中，有這樣的句子：

我也是被愛的

被整個世界所愛
被日光所愛
被層層襲來的海浪所愛
被柔軟適合躺臥的草地所愛
被月光以白色羽絨的方式寵愛
被夏夜晚風這樣吹襲
幾乎要躺在風的背面一起旅行

雖然經常
孤獨地哼歌給自己聽
我是世界的孩子
有人喜愛的孩子

孤獨的質量如此之深，可是，不要輕易的朝最幽暗處走去。即使只剩自己一人，即使生命重擊你考驗你，也還要記得：你，是被世界所寵愛的孩子，月光眷顧海洋眷顧你，晚風眷顧草地眷顧你，山川眷顧城市眷顧你，日光眷顧夏花眷顧你，你是有人喜愛的孩子，是這個世界的孩子。

註：本文經過修改，原文刊載於二〇一五年十二月二十二日《博客來OKAPI》「詩人／私人・讀詩」專欄。

二〇二〇的戲劇讀後感

我曾在二〇一七年七月三十一日《聯合報副刊》的「文學相對論」專欄中，提到韓國導演奉俊昊。那時，他還沒獲得奧斯卡國際獎項，但我已注意並喜愛他的作品。

二〇二〇年雖然仍沒有很多時間看劇，但《后翼棄兵》和《鬼滅之刃》是我想特別提到的。

看《后翼棄兵》時一個比較深刻的感受是：Beth Harmon的孤兒身分是很重要的設定。她是一個沒有在正常家庭裡被教導「社會化」的孤兒，雖然成長了，靈魂仍是稚嫩的，每一個新的情況到來：被領養時、初經來潮時、體驗性愛時、面對棋局變化時……，她的臉上都有一種「停頓」，這停頓像是一個小孩在試著理解新的局面、釐清所有初來乍到的感受。

也是這種停頓，讓觀眾們的「代入感」特別強烈：新的局面來了，若我是Beth Harmon我要怎麼面對和處理？

若她不是一個孤兒，是一個尋常角色，那她嗑藥和嗑藥後性愛等情節，在觀眾心裡可能引起負面感受。因為她的孤兒設定、成長環境的流離，觀眾開放了「允許角色犯錯和試誤」的程度，而不覺反感。

更像是觀眾正在陪Beth Harmon走一張成長歷險地圖。

沒看《鬼滅之刃》漫畫，但看了影集和電影。

劇中的全部角色，其實通通都是「人」，進一步說，正面角色和反面角色（反派的鬼們）身上呈現的，都是人性的折射面。

禰豆子雖是鬼，但在劇中是屬正面角色，《鬼滅之刃》呈現出的並不是「好人漫無目的地好，壞人毫無緣由地壞」，不是那麼地單　扁平。

好人的好散射出：信任、正義、自我犧牲、自我要求、責任感、節制、良善、互助、自制、自我鍛鍊……。

壞人的壞散射出：宰制、怨恨、多疑、執念、不甘、反噬、妒忌、悔恨、貪婪……。

細膩的（好的和壞的）人性，在各個角色的臺詞和抉擇中表現出來，沒有動畫可能陷入的簡單化、約分式呈現。

當鬼被打敗、被砍頭，觀眾對鬼的身世和處境的同理心，使感受複雜化了，不再單純是「反派死了」的快感，更多了感嘆、理解、感傷……。

不屬於我

如果「西門町總是」是一個造句題目，我會寫：「西門町總是不屬於我。」

有些地點，我會覺得是「我的」，譬如：台中水滴、新北竹圍、台中清水……。

有些地點，每次去就覺得被當地排斥了，負極對上負極、正極對上正極，必須走開。

有些地點不是我的，但我為之觸動，譬如在西大峽谷看日落時。

遠得要命的大峽谷，一輩子可以去幾次呢？第一次去時想著：原來世界上還有這樣的地方、這樣的景色，這是地球裸露出來的骨骼？

在印第安保留區的小木屋過夜，半夜，外面有人搭起營火，我們一邊烤棉花糖一邊看滿天星星（至少兩百顆），這樣的夜晚不會很多。

第二天，早起看日出，清晨薄涼的空氣裡，馬圈裡的馬睜著長睫毛的眼睛（哈囉小馬你昨晚有睡嗎），我們手洗的衣物，掛在小木屋的門簷上等待晾乾，那個時刻，真的差點以為小木屋是我們的家。

從小到大，經常性地搬家，所以我讀了兩個幼稚園、三個國小、兩個國中。大學時，自己做了選擇，從臺北醫學大學保健營養系主動辦了休學，後來在北藝大戲劇系畢業。因此，在台北待了許多年。

住吳興街時，留下的是驚嚇的回憶。

在吳興街租住幾個月後，室友告知，另一位從未謀面、同樓層很神祕的上班族室友，前一晚在房內上吊自殺了！得知此事後，氣氛變得詭譎，待在房內總是不安，心有芥蒂到連房內時鐘的滴答聲聽起來都很不祥。後來，我和其他室友，在兩三週內覓得另一處出租大樓，火速搬離。

台北的不同區域，是同一個人的不同人格。

西門町總是不屬於我，但，我行走其中時，會因為眼前看到的景、物、人，而改變了思考的慣性，觸發新的創意。

如果有一種關係叫做「屬於」，不斷搬遷的風塵僕僕中，寫下的詩，也成為景色了。

和玫瑰說話

「玫瑰如果不叫做玫瑰，還會一樣地芬芳嗎？」

玫瑰如果不叫玫瑰，其實還有其他的名字，開始買玫瑰以後，知道不同品種不同顏色的玫瑰，有各式名字：流沙、蘋果粉、自由紅、愛麗絲、鐵達尼、紫天王、翠粉、寶貝粉、奧斯丁、鑽石黃、翡翠白、紫愛你……。

在批發處買回當天送達最新鮮（又不像花店那般昂貴）的玫瑰，回家後，把兩件平常在廚房穿的防水圍裙鋪在地上，所有玫瑰放在上面，開始修枝除葉，一邊修一邊看Netflix影集，是一段療癒又平靜的時光。

有些品種的玫瑰其實沒刺，只需要拔葉子即可；有些玫瑰在莖條的頸部（就是花朵下方）有細密小刺，莖條的中後段則是粗大的刺。一開始常被刺傷，後來終於知道怎麼處理了，一把除刺鉗和一把花藝剪刀，是必要的工具。

先找到莖條上一個完全沒刺的地方捏住，另一手用除刺鉗或花藝剪刀，把莖條頸部的小刺刮乾淨，接著捏住頸部，用除刺鉗一次刷掉中段後段所有的葉和刺。

清理好以後，把玫瑰一支一支依序抓在手心，一邊調整每支玫瑰的相對高度和擺放方向，一整把玫瑰都調整好以後，握緊，莖條的底部用剪刀剪齊，這樣，放進花瓶後，調好的高度和方向大致不會改變。

有一次買花時，店員用除刺機器，幾秒鐘就把刺和葉都刷掉了，帶回家後反而失落，少了自己慢條斯理整理的樂趣。

切花的賞花期總是有限，放在花瓶中、每天換水，第二第三天是最好看的時候，第五天第六天，開始凋萎。每種花壞掉的方式也不太一樣，譬如美國大康乃馨，是從莖條底部開始壞掉，儘管花朵仍然盛放、漂亮，莖的末端已經軟爛甚至發霉。玫瑰則是從花朵開始壞的，從最外緣的花瓣開始壞掉，顯出局部的褐色。當花朵看起來疲軟、沒精神，就是該丟棄的時候了。

玫瑰代表愛情，但我看著玫瑰時，不會想到愛情，只是喜歡它的顏色、型態和氣味。從「彷彿包裹著什麼祕密」的含苞姿態，到盛開時花朵一瓣瓣重複的層次感，總覺得玫瑰懂得很多事。有時，我就這樣安靜地凝視著，像是和它無聲交談。

20歲時不喜獨處，想逃開寂寞感。

現在非常享受獨處。

室內有玫瑰的時候，也許不算獨處？它們的花語，是許多色彩的喧譁。

輯四

剪影

二十歲，徹夜在稿紙上修改作品，凌晨走出租賃的房間
找郵筒投稿詩作，是我手寫時代的尾聲。

習慣用綠茶
沖洗精神的塵埃
熬夜。煎熬的夜晚。
延伸此夜偷取時間，使一天長於24小時
反覆遷移字句：置於句尾。不滿。搬到下個句首。
塗擦重寫完成剎那
意識瀕臨危崖

摺紙，小心！
盡量不要把它摺成一架飛機
寫上編輯姓名
對方將是首位讀者（會讀到夢的熱氣嗎）
確定信封黏好不會有字
在運送途中掉出
起身，開門
迎面浸入霧濛清晨
所有人未醒，緩慢行走的我，是一張灰色剪影

信送進郵筒
不是紙飛機它仍執拗地飛起滑翔

盪入天際
是這樣，寫完最末一字
稱作詩的，急於擺脫控制
搖搖頭隨它去吧
折返，在越來越明亮的早晨
開始，像一張白色剪影

早餐店此時開門
是首位客人
攜帶剛產下的詩，闖入都市早晨的人
投郵後，雙手已無其他武器

形容憔悴

一個夢遊的人

殘酷劇場某個角色

大度路

此夜
仍積極於二〇四教室排練劇情
燈火通明映照心中沸騰及黯淡角落
翻滾，碰撞，跳躍企圖
觸及藝術之奧義
激昂的臺詞掩飾同時擴大我們
內在傷口
沒關係，還有充分能量可以痊癒
可受新的傷

不介意成為殘酷劇場某個角色

離開排練教室
關渡平原早已關燈闃暗
騎車急馳大度路——通往臺北城之細長甬道
溼度飽足氣溫偏低
思緒經常飛起
盤桓野草、稻田領空
因而產生凌駕一切的錯覺，掌控世界的錯覺
誤以為長路不會結束
青春不會結束

放牧星群

擎天崗

坐在逼近天空的高度
放牧眼前，這群星星
它們靠攏聚合
構成有意義的星座
負載太多人許願
而疲憊沉重
我伸手觸摸，安撫
挽救它們的下滑之勢

爬上隱形一〇一道階梯
靜坐在此
聆聽整個宇宙傾訴
知道自己是神的孩子
用指尖推移，眼前星棋
渴望有
渴望有你一起
知道你的座標我會毫不考慮
伸手進漉濕夜色中打撈
然後與你情商
聖誕夜晚一起，做個放牧者
鞭策少數幾顆，叛逆的星歸位

把潛臺詞寫在
被我們選定的光滑緻麗，某顆星表面
當它不堪負荷
憊懶地下墜
允許它成為一顆流星
或慈悲地出手
把它安置在晚雲上方

可能的花蜜

你帶雲林的日光和柚子花香來找我
說我是都市裡可憐的工蜂
為著一點點可能的花蜜
貢獻太多勞力
你遊說我拔除
近年悄悄生長象徵安居落戶的水生根
再做一次飄萍
陪你回平原呼吸新品種空氣
習慣另種

光合作用速率

你在空中塗畫一個家的草稿
你說，用我們的精神裝潢它
每天，花窗玻璃的多彩塗滿屋底
藤蔓植物的幾何覆蓋外牆
還說起一個未曾謀面的小孩
因為基因重組或然率
傾向百分之七十六的我百分之二十四的你
說週六早晨我們就躺著
只等夢想寸寸推移溫暖髮梢

我被所有說法混淆
而有一點想要
明天醒來，在一個琉璃色遠方
畢竟我已厭倦
在城市裡假裝勇敢假裝完好假裝無傷

簡單收拾行李
和未知的未來交接
註銷戶籍後
很快的，城市不再留一些餘地給我
朋友也陸續
弄丟我的手機號碼

我只攜帶了自己，就這樣
跟你到任何地方去

連連看

虎山步道夜觀螢火

一

深夜
走過長長夢的甬道
我就抵達心底的田野
看見許多年輕時，未兌現的夢想
時明
時暗
正提醒著什麼

二

記憶的曠野
一些碎片
星星點點閃爍
從1連到20
我看見那已被遺忘
埋藏在暗底
巨大的物事

流連溫泉鄉

北投溫泉

我喜歡我是赤裸的
你也是赤裸的
看著彼此肥胖和瘦弱而不嫌惡
我們的愛禁得起
一點幻滅的打擊

仰頭假寐意志被打溼
水推擠著簇擁著
感覺不到身體存在

閉眼時浮顯的許多心事
疲累一擁而上
還是趕緊起身
擦乾那些皮膚的淚水
穿衣，為寒涼的心保暖

時常
我們驅車，上山，流連溫泉鄉
心事在溫泉裡載浮載沉最終通通流走
被泉水烹煮過的我們
離開後，醺然欲睡

水彩未乾

河濱公園

媽媽你看！
我不會飛
可是
菱形的風箏代替我，飛上天空
碰到了笑瞇瞇橘色太陽的射線
還有
水彩未乾的
濕漉漉白雲的毛邊

幼稚園的早晨

鬆手
看你像小魚游入大海
沿路打招呼的響亮
會激起浪花嗎

一起，在鞦韆旁遊戲吧
踮腳尖體操，像樹用力地伸往高處
一起吃午餐，睡通鋪
練習打架練習勇敢

在小小的競技場
有時大笑有時哭鬧

鬆手讓你
游入大海
陽光下，細小鱗片閃動發光
某天它會厚實，鋒利
足以割傷周遭的人

無辜的臉
長大變成好人或者，變成了壞人
像大學時學習過的，懸線木偶

本想無所不在操控你
終究還是鬆手，看你，游入海中
同學巨大的笑聲潮浪湧來
把你吞沒

疲憊的旅行

安寧病房

為了肚腹內
壯大的腫瘤，母親來安寧病房旅行
醫師們湧入病房
詢問狀況後風一般散去

最後的長旅啊！母親
想與誰同行，想閱讀怎樣的風景？
玻璃窗看見，天色更改是否美麗？
群鳥飛過天空平靜面容

泡沫搭乘海浪，朝遠洋去
一朵花悄悄的用力展開自己
你閉眼似休止符無聲無息
世界卻忙碌繞轉

是否和我一樣貪看天地
蒐集生活各種滋味
夏季的風在空中懶惰不情願地漫遊
雨水刺入臉頰喜歡又厭惡
虎斑貓的短毛躍過皮膚中斷午寐
你吃力睜開眼睛張望
我，是世界對你伸出的

不捨的手，圈住你挽留你
收拾哭泣的臉來看你
作你旅途偶爾的訪客

想與你同行，生活屢屢把我支開
下次探視你更加脆弱我知道
又失去你一點

一點點一些些一次次累積
你終會厭倦這，疲憊的旅行
最後一次來此，我們一起離開
你失去溫度如一截枯枝

二舅叫喊：
「姊，回家了！」「姊，過橋了！」
無病，亦無痛了
漫漫長旅有結束時刻
你啟程前往，下一站
救護車沿路嗚咽
帶你回溫暖故鄉

星系對望

溫羅汀咖啡館

又聚首於此
傳遞文學想法
我們是一群安靜靈魂
即使決定革命
也無槍與暴力
有奏鳴曲和筆

知悉彼此
誰的小說編織幻覺如魔術

誰的散文帶閱讀者遠行
我不常發言
是靈魂群中靜默的一隻

我們隸屬不同星系
注視對方光華
卻也無法放棄自有運行系統
寫壞的稿子揉爛丟棄成為宇宙塵
未成熟靈感似「暗物質」存在
避開物質黑洞誘惑
無論落坐哪個咖啡館
桌上不小心掉落的

氫原子，靜止的塵埃，手工餅乾屑
是我們相互牽引的證明
先行離席——
我的星球即將步入夜晚
必須用一個漫漫長夜的時間
等待恆星
再一次給予光亮

在溫羅汀街巷漫行
潛入唐山
清瘦卻挺直的姿態
曾堅持的事物還在口袋

是那些小小的相信
撐起了整個星系的運作
使我白晝有光
夜晚有星

我們，我們

汽車旅館

這樣抱緊
成為一塊石頭也無所謂
你的肩線遮蓋視野無所謂
幸福讓人窒息
失去自己
成為你的一部分也無所謂
變成一種溫柔
熨貼在你無法痊癒的傷口

你的體溫，身體丘壑起伏
內心坦途歧路
不會告訴別人
在愛情後臺，不須為誰表演為誰頑強
承認自己軟弱，抱頭痛哭也無妨
在愛情暗房不須故作明朗
承認自己依賴
信靠對方才不至崩壞

做我的衣衫我的遮蔽
為我阻隔世界的冷空氣
只有我們，我們

隔牆偷聽的耳朵隱形
窸窣低語願意安靜
窗外變黑
世界正在我們身上覆蓋安全的網
（太陽依舊升起嗎）這樣擁抱
沒有明天也無所謂

誘捕

夜市撈魚印象

廉價朱文錦，昂貴錦鯉，肥胖河豚
這就是溪流了——
一張張人臉是天光篩落的殘影
你命定的手心
誘捕我入你航道
掌紋如叢生荊棘
指節是攔路枯枝

這就是河了——

出生成長流浪老死
在侷促長方形中一舉完成
太多藍框白底魚網介入命運
障礙賽中，頓悟浮生若夢的那一尾
終得勝利

是人生，重重疊疊的機關與選擇
橫亙前方
必須說明的：不是你獵捕我
是我自願
入你彀中

西門町總是

暈染彩妝戴上鼻子我仍認出你
你曾一次運轉四五六顆塑膠球（差點連手都拋出去）
休息時刻你沉默拿手掌對戲：

左手追逐右手
右手打倒了左手……

想起我們隸屬同個任性的星座
離開排練教室回到生活墜落平地
你我是四散星光

並不總是發亮

許多年後我忘記小丑的眼睛
小丑的輕笑與，條紋泡泡襪
可西門町把所有事物融化在一起——
紅包場歌手刺青少年並肩
日系少女緊靠汗衫老人
不管誰的沮喪
不管誰過敏

你所帶領的小丑行列撥開人群
你看見我認出我，踩高蹺跨越了舊日時間

在政見宣傳單和飲料空罐間
遞給我一顆七彩飽滿只有我們兩人見到的氣球

永不抵達

健身房

一

轉輪上的天竺鼠無有悲喜

跑步機上緊盯電視不知將抵達何方的我
面對透明玻璃做出努力
下一刻即將跑進整座城市
栓塞鬱結之心臟
跑向牽手的情侶，從中穿過分開他們
跑向親吻的情侶，從中穿過分開他們

跑向官員對災民伸出的握手分開他們
跑向刺入土地的怪手手臂分開它們
跑向議員與建商密會現場分開他們
跑向對流浪狗伸出的獸夾分開他們
跑進動物園
分開鐵籠和美洲豹
強化玻璃和夜行動物
跑向白晝黑夜海水星辰……
周遊城市一圈我又
回跑步機上
持續奔跑。永不抵達的夜色。

二

熱水池裸裎遇見
你的眼光包覆我
描繪我的乳房
這無所謂，我們，是陌生人
梳開漉濕頭髮像
鬆開一座荊棘野草纏繞之密林
你的眼光侵入我
熟悉了我的曲線
無所謂我們
只是陌生

你要去哪裡

臺北車站

背背包的學生、牽小孩的媽媽，你要去哪裡
蹲在地上的外勞你來自哪裡？
賣口香糖的婦人你只是——哪都不去
緩步游移找一個
不會拒絕的眼神

我也曾在大廳徘徊
和故鄉距離兩小時
再見台北！我不是歸人是過客

寄居關渡空中樓閣，每月來車站報到買一張
思鄉證明
車廂上，列車長找到我，在上面打洞……

離開後這城市會想起我的臉嗎？
戴斗笠的阿伯、穿軍服的年輕人
離開後你會想起台北的臉嗎？

浪也分高下

南陽街

正午，學生湧出
我也在推擠中就要被淹沒
熾陽加以壅塞，街道沸騰
我們如鍋爐內毛躁水分子
加些溫度，隨時可以氣化

我想念福利社操場下課鐘同學往昔
那是平靜涼爽，海洋時光
只知道彼此相近

以相同密度，色澤，成分
把對方溶化
卻不知藍色教室裡
浪也分高下

我買下
無法將手肘完全張開的存在與一片夢想拼圖
相信把分數補上
我的人生藍圖將重新完整
河、海水、浪、蒸氣、雲、雨、霧……
水，變換狀態
如何昇華離開這灘死水？

在收緊手肘侷促的午寐中
夢見自己是河
中灰暗的鯉
用最後的力氣，朝窄門躍去

或不致過分悲傷

一

你開車載我，到臺中火車站
在九月的月臺安放自己
拉長脖子看我目睹我
被關上的車廂帶走
長裙在風中急遽拍打
病瘦的你像一隻鶴勇敢站立／戰慄
最輕微的風
都能搬動你

此時，把你想像成一盞路燈
或不致過分悲傷

二

靜立棺槨旁
做內斂懂事的送行者
對著黃色布縵上一隻碩大黑蛾發呆
有人提醒：「要哭啊！趕快哭！」
此前數百次數千次的你送我，我送你
都結束了
想你是那隻巨大的蛾
知悉一切，下一秒就可飛離現場

或不致過分悲傷

神隱

遊樂園

我期待坐上溜滑梯
在墜落過程中清醒
坐上蹺蹺板，你多我少我高你矮攻防

過高，過重
對照十歲
多出思慮的高度，憂煩的重量

樂園境內時間感為何異於整座城？

摩天輪原地打轉
緩慢攪拌天空成一漸層漩渦
雲霄飛車時高亢時低迷終止在異次元入口
我被圓周切線拋出，墜入現實
旋轉木馬上，穿紅靴的貓朝皇宮出發
小紅帽向狼的心機靠近

孩童敬畏我成熟，羨慕我
嫻熟操練這塊土地的語言
我羨慕他們文法不正確
一邊跑一邊掉落零星字句是
等不到果陀而把此時此地拆解成拼圖的本領

我嚴肅而正確
需要補習幽默感、想像力
避免死於無聊

樂園內，幼獸奔跑尖叫
如羚羊放肆慶祝酒神生日
遊戲規則是「沒有規則」
他們臉頰紅潤，有些因春天花粉散播的病毒咳嗽
肥短四肢細碎腳步就像……我的孩子
想親吻額頭說一句使他們臉頰種出笑容，微甜的話
是我的孩子，是我體內還在裝可愛的幼稚鬼

不願長大亦不願變老
隨隱形風的曲線旋身、踏步、起舞
在此樂園無盡地嬉戲無盡唱遊

那些氣味

士林夜市

隱身人群裡開懷大笑，張嘴大吃
從炸雞排烤魷魚生煎包炒花枝油煙中穿過
那是活著的氣味

夜市的喧鬧偽裝了我的寂寞
我在喧譁裡隱形
享受一杯珍珠奶茶帶來的放空

買一雙鞋

只因叫賣鞋子的人把鞋戴在頭上
隨意踩踏著
就像生活也隨意踩踏著我
我必須帶一點氣味，回我獨居的房間

與父親共餐

火鍋店

火鍋蒸氣裡你再也不是少年
無法錯過你的憔悴
我們都一樣穿著光鮮
安頓內在襤褸心情

曾以為你是穩固的島供我停泊
長大後知道你也是浮沉的舟
你的航線也躲不過漩渦暗礁
無法抱你委屈大哭

說不出的苦處隨冰啤酒下嚥吧

我們吃著沉默
告別童年日益無話
也許我該長出一雙巨大寬厚翅膀覆蓋
在你顫抖的肩上
無論航行或飛行
都不能再寄望你的帶領
在你的港停頓，在你的巢休息吧！
即使我逆風傾倒因迷路
遍體鱗傷，也把懦弱掩藏

你北上看漂遊異鄉的女兒
清爽乾淨壁壘分明的湯與料久煮後，混濁難辨
乾杯吧我的老父親
把生命的苦一飲而盡吧

垂釣漁人碼頭

與你坐碼頭邊觀測水面
你的輪廓隨浪扭曲
海鳥掠過切開微風
在你面容漾開水紋……

木棧道轉印我們腳步
視野漫漶橘黃
這漫步應該永不結束

但我的倒影已孤獨
陪襯泡沫、幾株漂游水草
你放棄淡水河右岸，擇左岸靜寂而住
背對兩人路途行往，未知

天空由絳紫轉濃黑
船隻紛紛回碼頭靜默
我對河水而坐
垂釣樹葉或雲的影子
水知道我的心事
反映都市霓虹、遊客人聲舉動
陪伴我

想捕獲你影子的雙手

即溶

KTV

燈光調暗
陷入歌的細節詞的野豔
讓流動曲調沖走我們固體的情緒
此刻與歌聲一起即溶
成為再不想抵抗的漩渦

想吹開你眼中濃霧
看其中藏匿什麼
牢牢記住相遇這日被唱進同一首歌

散場後不再有

沙灘上奔跑來去的男女主角使我發笑
不可能是我們
別演出這，可笑的愛
昏黃斗室酒的催化，我們在幻覺隊伍
暫時無法脫身

太暗的燈擦去我們的表情
懷抱對你的愛情的我
散場後不再有

蟲豸　玉市

你從玉市帶回一枚琥珀給我
真的假的？
我想把它當真

爭執中摔到地上的琥珀，有了裂縫
隔天撿拾起，想撫平瑕疵畢竟這是
你帶給我的愛情（無法撫平）

把瑕疵當作

嵌在琥珀內數億年前的蟲豸
我們的愛情
好像又值得相信

饑荒

竹圍民族路

一

晚間七點
被飢餓驅動的人
被小吃街吞沒
它們招牌明亮；他們動作俐落
默默嚼食像牛和牠的牧草
一方飽足，一方犧牲了
複習犬齒用以撕裂、臼齒用以磨碎的動物本能

二

深冬清晨夢見五歲練習
吃下大麵羹
夢有韭菜、油蔥酥提味
夢有黃色軟糜的鹼麵條
那滋味使我暴食後飢餓
那滋味使我長大
那滋味使我想起時便老去一點點

附錄

詩文對照

幼稚園的早晨	睡前對四歲小龍做的簡短採訪
疲憊的旅行	孤獨的質量如此之深
剪影	
可能的花蜜	笑著流淚、海天使、不一樣、調查官和詩人的日常對話（共五篇）、複數的名字
我們，我們	
流連溫泉鄉	通通都喜歡
放牧星群	撒嬌和幼稚
蟲豸	被分手

即溶
垂釣漁人碼頭
誘捕
神隱
水彩未乾
與父親共餐
或不致過分悲傷
饑荒
殘酷劇場某個角色
你要去哪裡
西門町總是
浪也分高下

此時此地、相遇的時候／做彼此生命中的好人
愛情的預感
小龍的小劇場
孩子們小時候發生的故事和對話（共兩篇）
報喜圖
巨大的睡眠
二〇二〇的戲劇讀後感
不屬於我

星系對望
那些氣味
永不抵達
連連看

和玫瑰說話

可能的花蜜

作　　者　林婉瑜

發 行 人　黃鎮隆
總 經 理　陳君平
總 編 輯　周于殷
美術總監　沙雲佩
封面設計　萬亞雰
內頁排版　劉淳涔
公關宣傳　洪國瑋
國際版權　黃令歡、梁名儀

國家圖書館出版品預行編目（CIP）資料

可能的花蜜 / 林婉瑜作. -- 初版. -- 臺北市：城邦文化事業股份有限公司尖端出版：英屬蓋曼群島商家庭傳媒股份有限公司城邦分公司尖端出版行銷業務部發行, 2021.06
面；　公分
十周年精選加新作典藏版
ISBN 978-626-308-850-4(平裝)
863.4　　110008601

出　　版　城邦文化事業股份有限公司　尖端出版
臺北市民生東路二段141號10樓
電話：(02)2500-7600　傳真：(02)2500-1971
讀者服務信箱：spp_books@mail2.spp.com.tw

發　　行　英屬蓋曼群島商家庭傳媒股份有限公司
城邦分公司　尖端出版行銷業務部
臺北市民生東路二段141號10樓
電話：(02)2500-7600(代表號)　傳真：(02)2500-1979
劃撥專線：(03)312-4212
劃撥戶名：英屬蓋曼群島商家庭傳媒(股)公司城邦分公司
劃撥帳號：50003021
※劃撥金額未滿500元，請加付掛號郵資50元

法律顧問　王子文律師　元禾法律事務所　臺北市羅斯福路三段37號15樓

台灣地區總經銷　中彰投以北(含宜花東)　楨彥有限公司
電話：(02)8919-3369　傳真：(02)8914-5524
地址：新北市新店區寶興路45巷6弄7號5樓
物流中心：新北市新店區寶興路45巷6弄12號1樓
雲嘉以南　威信圖書有限公司
(嘉義公司)電話：0800-028-028　傳真：(05)233-3863
(高雄公司)電話：0800-028-028　傳真：(07)373-0087

馬新地區經銷　城邦(馬新)出版集團　Cite(M) Sdn.Bhd.(458372U)
電話：(603)9057-8822、9056-3833　傳真：(603)9057-6622

香港地區總經銷　城邦(香港)出版集團　Cite(H.K.)Publishing Group Limited
電話：852-2508-6231　傳真：852-2578-9337
E-mail：hkcite@biznetvigator.com

版　　次　2021年6月初版　Printed in Taiwan
I S B N　978-626-308-850-4